Tanz der Yoni

Erotische Balladen
für heilig-ekstatische Begegnungen

Brianna Sappho

Für das Abenteuer
gemeinsamer
Glückseligkeit

© 2018 Brianna Sappho

Herstellung und Verlag:
BoD - Books on Demand GmbH, Norderstedt

ISBN: 978-3-7460-9265-2

Coverfoto: Mit freundlicher Genehmigung von Rita Schilly

Bibliografische Information der Deutschen Nationalbibliothek:
Die Deutsche Nationalbibliothek verzeichnet diese Publikation
in der Nationalbibliografie; detaillierte bibliografische Daten
sind im Internet über http://dnb.dnb.de abrufbar.

Inhalt

1 Wie die Rose

So wie die Rose ihre Knospe öffnet, Blatt für Blatt,
öffne ich mich dir.

So wie der Rose ihr eigener Duft entströmt,
strömt dein Duft zu mir.

So wie jedes Blütenbatt den Raum erfüllt mit Rot wie Blut,
entfachst du in mir eine Glut.

So wie die Rosenblüte sich verwandelt in einen flauschigen Ball,
schwillt auch meine schönste Blüte prall.

So wie die Rose den Morgentau einlädt, sie zu benetzen,
ergießt sich Tropfen für Tropfen meinen Ritzen.

So wie die Rose ihren Nektar schenkt als Willkommenstrunk,
schenke ich dir meinen weiblichen Prunk.

So wie die Rose sich öffnet dem edlen Gast,
ist mein innerer Kelch von heiliger Sehnsucht erfasst.

So wie die Rose nur Schönheit kennt,
ist jede Berührung von dir ein heiliger Moment.

2 Mut zum eigenen Duft

Messezeit, kaufbereit. Brennt die Konsumsucht lichterloh,
sind alle Händler froh.
So komme ich - nichts ahnend - in die große Drogerie.
Heute reihen sich Stände aneinander wie im Großstall das Vieh.

Eine Dame gleich mit einem Parfüm-Kärtchen wedelt:
Ihr Produkt wohl jede Frau veredelt!
Die Gelegenheit ist heiß.
Heute gibt es einen Sonderpreis.

Liebe Kundin, lass' dich nicht lumpen,
kaufe gleich einen großen Humpen.
Ich fühle mich etwas überrollt,
und distanziere mich, auch wenn die Dame grollt.

Doch es geht erst richtig los.
Der nächste Stand ist riesengroß.
„Jede Frau ist ein Individuum.
Selbst probieren, da kommen Sie nicht drum herum."

„Viele Fläschchen stehen zu Gebote.
Dieses entfaltet eine ganz besondere Note.
Ihr linkes Handgelenk ist noch frei.
Da testen wir gleich zwei!"

Etwas kitzelt mich in der Nase.
Der Reiz reicht mir fast bis zum Nabel, doch nicht zum Spaße.
Mit irritierter Nase suche ich das Weite,
da erwischt mich ein Sprühnebel in voller Breite.

„Jetzt - meine Dame - umgibt Sie Magie!
Damit führen Sie bei den Männern Regie."
Neben mir flüstert ein Mann:
„Am Liebsten mag ich deinen eigenen Duft."
Und er zieht ein zartes Wesen aus diesem Chemielabor fort.
Ich - so besprüht - stehe da,
wie eine gepuderte Perücken-Dame aus dem Barock.

Mach' die Sause, ab nach Hause.
Wasch' das ab, tip top. Alles andere ist ein Flop.
Es gibt ein Buch: „Alles klar mit Haut und Haar."
Vieles davon ist wahr.
Ich gebe der Autorin die Ehre
und greife zu grüner Mineralerde.
Voller Hoffnung ich sie mit Wasser misch',
damit ich mich wieder fühle frisch.

Befreit nach dieser Dusche
ich auf den Balkon zu den letzten Sonnenstrahlen husche,
strecke mich aus auf dem Handtuch,
mein Eva-Kostüm ist mir genug.

„War da ein Türeklappern?"
Mich zieht es wieder in Bann,
wie Licht und Schatten um meine Beine flackern.
Ich beobachte am Himmel einen Vogelschwarm.
Hinter mir wird es wohlig warm.

Das mit dem eigenen Duft ist mir noch im Ohr, auch hier.
Ob ich das ausprobier'?

Ich tippe mit der Fingerkuppe in des Bauchnabels Grube,
schnuppere und lecke, Schweiß und Salz ich schmecke.
Als es mir dämmert, in meinem Kopf fast hämmert.
Ich frage in mich hinein: „Kann das sein?"
Ich will dieses Rätsel lösen, bitte,
und hole eine Probe aus meiner innersten Körpermitte.
Die Konsistenz zwischen meinen Fingern ist fast wie Öl.
Meine Nase niest nicht, fühlt sich wohl.

Öl dient zur Pflege!
Auf Hals und Nacken ich diese Kostbarkeit gebe.

Oh! Ein vertrautes Gesicht hat sich erst zu meinem Hals,
dann zu meiner Venus gebeugt;
mein Körper kann nicht verbergen, wie er sich freut.

Die wohlige Wärme kam von dem strahlenden Augenpaar,
das genau sah, wie ich mich gebar.

Er haucht:

„So - natur - bist du ganz Frau!
Chemie schafft oft Kluft.
Am Stärksten betört mich dein eigener Duft."

3 Umwerfend oder faszinierend?

Ich will dich nicht umhauen.
Ich möchte dich faszinieren.

Ich will dich nicht imitieren.
Ich lasse mich von dir inspirieren.

Ich will nicht umwerfend sein,
sondern dein köstlichster Traum.

Ich will dich nicht flüchtig ansehen.
Ich möchte dir tief in die Augen schauen.

Ich will dich nicht verrückt machen,
doch mobilisieren bis zur Ekstase all deiner Sinne.

In deinen Armen hört mein Geist auf zu rennen,
er hält inne.

4 Geduld lockt Hingabe hervor

Willst du mein Heiligtum geschwind erkunden,
oder nimmst du dir ausgiebig Zeit?

Willst du, dass ich mich dir rasch hingebe,
oder weißt du, wahrer Genuss braucht Raum und Zeit?

Jede Etappe will ich auskosten mit dir, nicht durch sie eilen,
sondern in jeder dich neu entdecken und in ihr verweilen.

Stufe um Stufe die Höhe erklimmen,
kann das an einem einzigen Abend gelingen?

Die hingebungsvolle Wolfsfrau in mir zeigt sich nur,
bleibst du länger auf meiner Spur.

Erbitte heute von mir nur gemeinsame Zeit,
für geteilte Freud'.

Schenkst du mir Geduld, kann sich alles ergeben,
und wir viele Überraschungen miteinander erleben.

5 Trancetanz zu zweit

Barfuß, auf leisen Sohlen, betritt die Gruppe den Saal,
afrikanischer Trancetanz ist heute die Wahl.
Die Männer - Shivas - sind nur mit einem Hüfttuch bekleidet.
Für uns Frauen, die Shaktis, ist dazu ein enges T-Shirt geeignet.

Herrlich frei ich mich empfinde,
mit nur zwei Stück Stoff und einer Augenbinde.
Mit breiten Beinen einen festen Stand ich find',
der Rhythmus der Trommel beginnt recht geschwind;
klopft mir in Bauch, Brust und Ohr,
lockt Bewegung und Sehnsucht hervor.

Knie, Hüften, Arme schwingen,
mich immer wieder in die eigene Mitte bringen.
Kopf und Arme im Takt nach oben strecken,
der Schweiß bildet auf dem T-Shirt erste Flecken.

Da streift meinen Bauch sanft eine starke Hand.
Shiva, ich hab' dich erkannt!
Denn meine verbundenen Augen
können mir nicht die anderen Sinne rauben.

Da! Ein neues Streichen. Ich lasse mich gerne von dir erreichen.
Schwingen für Schwingen wird unser Abstand geringer,
Wir betupfen uns gegenseitig mit unseren Fingern.
Noch eine halbe Drehung, dann steht Shiva stützend hinter mir.
Aneinander gelehnt wiegen und genießen wir.
Wange an Wange, von deinen Armen umfangen,
werden Frage und Antwort zueinander immer feiner,
verschmelzen unsere Bewegungen zu einer.

6 Toscana bei Nacht

Dämmerung legt sich über die Olivenbäume nieder.
Die Grillen zirpen wieder.
Sie lenken auf sich die Aufmerksamkeit,
trainieren meine Wachsamkeit.
Vieles hatte meine wegdriftenden Gedanken gebunden,
das ist jetzt alles verschwunden.
In unterschiedlichen Tonlagen ertönt ihr Konzert.
Ganz DA-SEIN ist es wert.

Dunkler wird es um das einsame Schwimmbecken.
Keine Wespe siehst du mehr Wasser lecken.
Das Funkeln der Sterne lädt uns ein zum Staunen;
durch den Prosecco im Glas kannst du in meine Augen schauen.
Dein schenkender Blick kann mich mehr als jeder Sekt berauschen.
Wie sanft deine Lippen mir ins Ohr hauchen!

Es prickelt im Mund und auch im Bauch.
Ein leichter Wind kühlt nicht die Sinne, nur die Haut.
Eine Hand streichelt entlang an meiner weiblichen Fülle,
streift mir ab Hülle um Hülle;
lädt mich ein in die Tiefe des Wassers,
wie kostbar jetzt dieses Nass ist.

Ich lasse mich in die Fluten gleiten,
und in die Arme, die für mich bereit sind.
Mein Kopf ruht auf deiner Schulter.
Du hälst mich, ich gehe nicht unter.
Nun ziehst du mich durch das Wasser Bahn um Bahn,
als würde ich rückwärts in einem Liegewagen fahr'n.
So gelöst und leicht ist eine Kostbarkeit,
fühlt sich an wie ein Stück Ewigkeit.

7 Archaische Weiblichkeit

So, sich nun gründlich duschen, waschen,
keine Creme und kein Öl darf die Haut erhaschen.
Wir treffen uns im Olivenhain,
die Oberkörper bitte frei.

Da stehen Farben, Pinsel, Töpfchen, Watte:
Körperbemalung steht an, für alle.
Jede Frau darf sich selbst zu Leibe rücken
und ihre Haut mit Farben schmücken.

Es zieht mir gleich die Stirne kraus,
schon der Gedanke ist mir ein Graus.
Eine Künstlerin ruft: „Jucheh!"
Aber mir fehlt jegliche Idee.

Eine leise Stimme in mir flüstert: „Vertrau!"
Auf meine Intuition - nicht den Verstand - ich bau'.
Mit dir, innere Führung, will ich fließen; dich lasse ich malen
und werde nachher bestimmt nicht prahlen.

Farben, Schleifen, Schnörkel zieren mich,
auf meiner linken Brust formt sich ein lächelndes Gesicht.
Das hätte mein Verstand nicht gekonnt.
Eine tiefere Weisheit in mir hat hier geführt und geformt.

Dankbar ich das begreif',
mein Vertrauen ein Stück reift.

Jetzt kommt eine neue Hürde,
das ist eine noch größere Bürde.

Jede Shakti bitte graziös zum Pool flaniere,
und den Shivas diese Weiblichkeit präsentiere.
Noch im vertrauten Kreis gleicht der erste Test,
einem aufgescheuchten Wespennest.

Atme tief, Bauch rein, Brust hoch,
ziehe auch die Mundwinkel hoch.
Während ich langsam nach unten schreite,
wächst tief in meinem Inneren eine Freude.

Eine archaische Kraft in mir darf wieder leben!
Shaktis und Shivas zugleich erfasst ein Beben.

Unsere Freude am Frau-Sein war so lange zugedeckt.
Jetzt ist sie wieder aufgeweckt!

8 Sanfter Liebestunnel

Bitte haltet euch im Zaum,
bleibt zur Übung zumindest im Raum.
Es ist mir nicht geheuer.
Ich stoße an meine Grenzen wie an ein Gemäuer.
Etwas in mir rebelliert auf,
ich fühle mich gar nicht gut drauf.

Stellt euch in zwei Reihen gegenüber auf,
vom unteren Ende des Saales bis oben hinauf.
Der Erste vorn sei nun nicht feige:

„Laufe ganz langsam mit geschlossenen Augen durch die Reihe.
Der enge Gang wird von selbst dich führen.
Die Außenstehenden dürfen dich dabei überall berühren."

Einer nach dem Anderen den Tunnel betritt,
jeder behält einen erstaunlich schleichenden Schritt.
Die Schultern sind gelassen nach unten geschoben,
das Kinn reckt sich wohlig nach oben.
Hals für Hals zeigt seine Blöße,
bietet sich freiwillig an in seiner ganzen Größe.
Kein Hecheln, nur verklärtes Lächeln.
Von so vielen Händen achtsam berührt,
ist jeder zutiefst gerührt.

Auf einmal mich zarte Frauenarme umgeben,
und es flüstert: „Willkommen im Leben!"
Es fühlt sich an wie eine sanfte Liebesgeburt.

„Oh Leben, bitte fahre so fort!"

9 Vertrauensvoll im freien Fall

Im Garten stehen ein hoher Tisch bereit,
und längs hinter ihm Menschen in zwei Schlangen aufgereiht.
Die kräftigen Männer stehen sich ganz nah gegenüber,
ihre Unterarme greifen ineinander über.

Was nun kommt, nein - das will ich nicht.
Doch die Leiterin bleibt erpicht.

„Du darfst jetzt mit geschlossenen Augen
hochsteigen und rückwärts zum anderen Ende des Tisches laufen.
Bist du an der Tischkante soweit,
dann mach' den ganzen Körper steif,
und lass' dich rücklings los."
„Was denkt die sich bloß?"

Ich spüre, wie sich meine Augen weiten,
meine Finger nervös aneinander reiben.
Meine Schultern spannen sich an, gleich bin ich dran.

Mit wackeligen Knien stolpere ich den Tisch hinauf,
es ist ganz hohl in meinem Bauch.
Mein Gang gleicht eher einem Schlurfen als einem Tritt:
Rückwärts kann ich den Millimeter-Schritt.
Am Ende des Tisches angekommen, fühl' ich mich beklommen.
Ich atme, schlucke, warte, zitter';
höre hinter mir weder Murren noch Meckern oder Gewitter.

Alle versichern mir wieder und wieder ihr DA-SEIN
und ihre Achtsamkeit.
Mit einem Tarzan-Schrei lasse ich mich rückwärts fallen
und 20 starke Arme haben Erbarmen.

10 Tandem-Flug

Die Anreise war ohne besondere Vorkommnisse,
frei von Verkehrsstaus und anderen Hindernissen.
Mit einer ruhigen Anfahrt und einem Gefühl von Heiterkeit
fühlte ich mich behütet von einer höheren Weisheit.

Hinauf zur Bergspitze!
Prüfen, ob Helm und Gurte sitzen.
Alles geordnet und von überflüssiger Last befreit,
sind Gleitschirm, Pilot und seine Begleiterin bereit.

Nicht den Tag vor dem Abend loben,
sondern ein Schutzgebet nach oben.
Dann - nur zwei Schritte nach vorn:
Wir haben sanft von der Erde abgehoben.
Langsam zieht es uns nach oben,
nah unter uns ist noch sicherer Boden.

Ich fühle Vertrauen in mir, sehr klar.
Die Zeichen im Vorfeld standen auf JA!
Was für ein Teppich aus Baumwipfeln streckt sich empor,
manche Stämme wachsen sogar aus Felsspalten hervor.
Wir blicken hinab auf ein grünes Meer aus Zweigen,
die sich bewegungslos aneinander reihen,
Ruhe und Kraft zugleich sich unter uns ausbreiten.

Eine Magie hat mein Herz erfasst;
jedes menschliche Werk vor dieser stillen Schönheit erblasst.
Hier oben bin ich frei von allem Tun,
nur Gott und meinem Piloten vertrauend, darf ich ausruh'n,
lasse allen Alltag beiseite,
genieße die herrliche Weite.

In der Stille öffnet sich auf eigene Art die Welt,
Geist und Herz sie klärt und erhellt.
Als Begleiterin verzichte ich hier oben auf jedes Wort,
damit die Konzentration meines Piloten währet fort.

Es scheint, als pfeift der Wind uns um die Ohren,
hat uns zu seinem ungestümen Spiel auserkoren.
Was um den Helm uns geräuschvoll saust,
ist nicht des Sturmes Faust,
nur unsere eigene Bewegung in der Stille.
Dieses „Nichts" hat eine eigene Idylle.

Der Flug befreit den Kopf vom Alltagstrott,
und auch von manchem anderen Schrott;
öffnet uns wieder für die Schönheit im Kleinen.
Wir sind in diesem Moment im Reinen.

Da! Mit ausgebreiteten Flügeln
zieht unter uns ein Eichelhäher vorüber,
strebt zu seinem Ziel am Nadelbaum,
wir sehen seine kleine Beute kaum.

Einen Kohlweißling treibt es empor vom Aufwind.
Ungeahnt hat er die nächste Schleife des Piloten bestimmt,
weil dort der Gleitschirm Auftrieb bekommt, Höhe gewinnt.

Achtsamkeit im Kleinen.
Gespür für die Signale, die feinen:
Ich vertraue meinem Piloten.
Mit seiner Intuition fühle ich mich geborgen.
Er erkennt in jedem Moment die lebenserhaltenden Gebote.
Ich mache mir auch hier keine Sorgen.

Nicht verführt zu Übermut, sondern geführt in Demut,
lenkt er den Gleitschirm hoch und höher in die Lüfte.
Wir staunen, schweigend, fernab vom Erdengewühle.

Dieser Flug lädt ein, mich einzuklinken in die Stille.
Tief atmen, schauen, SEIN,
ach, wie erscheinen wir zwei klein.

So offenbart sich eine eigene Schönheit Runde um Runde,
bereit, leise wahrzunehmen, bringt uns große Kunde:

Nicht, indem wir uns schinden;
in vertrauensvoller Ruhe sind Schutz und Glück zu finden.
Der Schmetterling wollte nicht so hoch hinauf.
Auch jetzt gibt er nicht auf.
Das Leben schenkt uns immer wieder eine neue Bahn.
Lasst uns bleiben voller Elan.

Acht um Acht gleiten wir dann zur Landung nieder,
ein sanftes Aufsetzen, die Erde hat uns wieder.

Dankbar und im Herzen reicher
strahlen meine Augen weiter.
Mit mehr Vertrauen fühle ich mich weicher
und ein Stück gereifter.

11 Vibrierende Ruhe

Endlich ist meinem Verstand nach einer Pause zu Mute,
sein lautes Plätschern kommt zur Ruhe.

Eine stille Kraft strömt in meinem Bauch,
wie eine sanfte Welle breitet sie sich aus.

Immer weiter dehnt sich Kreis um Kreis
und wird es in mir leis'.

Woge um Woge hat alle Zellen erfasst
und sie zum Vibrieren gebracht.

Noch einmal spüre ich dein Streifen meiner Haut,
und alles in mir sich loslassen traut.

Es gibt nichts mehr zu tun, nur noch zu sein,
und zu spüren, unsere Herzensfreude - sie ist rein.

12 Der alternative Handwärmer

Eine neue Ausstellung will Kunden werben,
sich mit bunten Plakaten ins Gedächtnis einkerben.
An allen Ecken tut die Werbung kund:
Durch diese Messe fühlst du dich wieder rund.

Heute ist ein klirrend kalter Wintertag,
ein Alternativ-Programm ich gerne mag.
Noch schwanke ich zwischen Zweifel und Mut.
Passt das zu mir? Tut mir das gut?

Bevor sich mein Verstand mit Grübeln schindet,
seine Besitzerin sich lieber überwindet.
Sagt es vor Ort in mir NEIN,
gehe ich einfach wieder heim.
Ausgekühlt und frierend komme ich am Eingang an,
nehme diverse Prospekte und Gutscheine in Empfang,
schnaufe noch einmal ganz tief durch
und überwinde meine letzte Furcht.

So betrete ich die Erotik-Messe an diesem Winteranfang.
Beim ersten Schlendern sind meine Hände noch klamm.
Mit Bekleidung, Düften und Badeessenzen
will die Messe glänzen.
Die Fantasie kennt keine Grenzen.
Mit viel Zubehör wollen die Aussteller überraschen.
Nicht nur den Gaumen laden sie ein zum Naschen.
Von meiner Angst, hierher zu kommen, habe ich mich befreit.
Vor Verkaufsgesprächen bin ich noch nicht gefeit.

Schon hat mich ein Verkäufer auserkoren,
sieht, ich bin ganz durchgefroren.

Mit einem Lächeln, gar nicht geschäftsmäßig,
sondern warmherzig und aufrichtig,
lädt er mich ein an seinen Stand.
Zaghaft stelle ich mich an dessen äußersten Rand,
von den Produkten nicht gebannt.
Der Verkäufer preist sofort sein neuestes Modell,
ganz aus Metall, ohne Stoff oder Fell.
Eine längliche Röhre mit Schraubverschluss,
gefüllt mit heißem Wasser für Wärme und besonderen Genuss.

„Sie sind von draußen ja noch ganz kalt!"
Schon legt er die warme Röhre in meine kühle Hand,
referiert eifrig über die Vorzüge seines Produkts,
übersieht geflissentlich, wie ich dabei guck'.
Solche Wärme sei behaglich, ein vielfältiger Segen.
Auch in der Körpermitte lässt sie sich bewegen.

Es treibt mir in die Wangen Schamesrot,
solch eine Situation sich mir zuvor nicht bot.
Ich fühle mich verlegen, und alles andere als verwegen.
Bei mir ein fragender Blick,
bei ihm Begeisterung im Gesicht;
als sei es das Normalste von der Welt,
selbst wenn niemand zuvor so etwas hat hergestellt.
Vielleicht bin ich voreingenommen?
Ich entscheide mich, der Situation schnellstens zu entkommen;
sage danke für die Wärmequelle, renne weg von dieser Stelle.

Welche Tabus sind weiter angebracht, welche besser überdacht?
Ich frage mich, ob sich das ziemt,
wenn mir ein DILDO so öffentlich als Handwärmer dient?

13 Dezente Verführung auf der Dachterrasse

Trubel und Heiterkeit
genossen wir auf dem nächtlichen Fest lange Zeit,
hoch oben in den Lüften,
befreit von Verkehrslärm und Straßendüften.

Ich ziehe mich aus der Geselligkeit heraus,
trete auf die dunkle Dachterrasse hinaus.
Mit meinem Glas in der Hand,
schlendere ich bis zum äußersten Rand.

Eine kraftvolle Gestalt sich hinter mir anschleicht,
hat mit mir gemeinsam Brüstung und Blumenkasten erreicht.
Ihre Hand deutet hinauf über meine Schultern,
um mit mir die Pracht der Sterne zu bewundern.

Unten auf der Straße scheinen Glühwürmchen zu laufen.
Hier oben sind wir weit weg von dem wimmelnden Haufen.
Ich möchte voll in die nächtliche Stille eintauchen,
mich ausklinken,
den letzten Schluck aus meinem Glas noch trinken.

Der Blick in die Tiefe macht mich bang,
ruhig bleiben mir alleine nicht gelang.
Die ritterliche Hilfe des Mannes wirkt schon im Kleinen.
Dank ihm bin ich mit meiner Höhenangst im Reinen.
Gestützt von ihm spähe ich weit hinaus über den Blumentrog,
und er mit einem triumphierenden Lächeln auf meinen Po.

Seine sichernde Hand liegt noch seitlich an meiner Hüfte,
schenkt mir Geborgenheit hier oben in den Lüften.

Seine Handfläche bewegt er langsam und sacht
an meiner Körperseite auf und ab.
Seine Fingerspitzen halten zu meiner Körpermitte artig Abstand,
und schicken doch ihren elektrischen Gruß
wie einen Fingerkuppen-Kuss.
Seine Nase hat meine Wangen gestreift,
sein Mund fast mein Ohr erreicht.
Er flüstert:

„Heiligen will ich diesen Bereich, deine hübsche Pracht;
würdigen, was die Natur vollbracht."

Wie durch einen Sog
sein Daumen sich dabei mehr zu meiner intimen Mitte bog.
Sein Daumen spitzt etwas mehr zu meiner heiligen Mitte,
als sendet er aus eine Bitte.
Seine Handfläche widersteht dem Zug zu meiner Körpermitte.
Sie hält jedem Abdriften Stand,
hat all meine Aufmerksamkeit gebannt.
Seitlich auf und ab ist sein Genuss.
Er setzt fort seinen Ohrläppchen-Blues;
flüstert wieder:

„Heiligen will ich diesen Bereich, deine hübsche Pracht;
würdigen, was die Natur vollbracht."
„Wie lange halte ICH ohne eigenes Wollen Stand?"

Mit verschmitztem Lächeln beobachtet er mein Gesicht.
Mehr und mehr bin ich auf sein neutrales Streichen erpicht.
Seine Fingerspitzen spüre ich gerne. Sie locken aus der Ferne.

Ein kleiner Tropfen sich von mir befreit.
Die weibliche Hingabe war dafür gereift.
Er flüstert mir noch näher ins Ohr,
will heiligen meine UR-weibliche Natur.
Meine Augenlider klappen herunter.
Ich denke nichts mehr, die Ströme in mir werden bunter.

Seine sanften Striche heiligen mich in gebührender Ferne,
verwöhnen mich gerne.
Zu noch mehr Feiern bereit,
sinkt mein Kopf näher an seine Seit'.
Sanfter wird seine Stimme Runde um Runde,
bringt mir immer wieder die gleiche Kunde.
Etwas in meiner Bauchdecke schmilzt.
Oh Frau, was du jetzt wohl willst?

Mit sanfter Stimme und Gewinner-Blick
streicheln seine Finger an mir entlang, Stück für Stück.
Ich lasse innerlich los, atme tief in meinen Schoß.
Ein Bach macht sich bereit für eine innerliche Flut.
Seine Hand weit entfernt von der weiblichen Mündung ruht.

Was ich bis dahin nicht erahn':
Eine innere Springflut schafft sich in mir unaufhaltsam Bahn.

Er hat mich erobert, heimlich und leise,
schenkte mir auf der Terrasse eine ganz eigene Glücksreise.

14 Geheime Wünsche

Langsam, Knopf für Knopf, öffnest du dein weinrotes Hemd,
dein Blick mir in der Seele brennt.

Diese tiefen warmen Augen
bis in mein Tiefstes schauen.

Der Stoff ist nun zu Boden geflattert,
und ich habe eine erste Sicht auf diese Pracht ergattert.

Welch eine Kraft steht vor mir da,
ist das wirklich wahr?

Langsam schweifen meine Augen an dieser Fülle entlang.
Das ist wahrlich ein Blickfang.

Nun zieht es meine Hand magisch dorthin,
ich spüre ein leises Zittern in mir drin.

Mein ganzes Sein streift über diese Fülle,
damit ich jeden Bogen und jede Wölbung erfühle.

Nicht nur biologisch unterscheiden sich Frau und Mann.
Genau diese Andersartigkeit zieht mich in Bann.

Ich kuschele mich an diesen Ausdruck von Männlichkeit,
spüre an deinen SCHULTERN unendliche Geborgenheit.

15 Heimlichkeiten im Salzwasserbecken

Ein Blick auf den Wecker mir die Nase rümpft;
im Wellness-Hotel ist es noch still, erst früh um fünf.
Mein Partner neben mir ist noch am Träumen.
Ich kann hier im Bett nichts mehr versäumen,
schleiche mich im Bademantel Richtung Schwimmbecken.
Das Salzwasser wird meine Lebensgeister wecken.

Eine Idee hat mich unterwegs bewegt:
Ob das Baden so früh heimlich ohne Bikini geht?
Jetzt führt mein Weg vorbei an der Rezeption.
So früh besetzt! Ich fühle mich ertappt wie ein Spion.
Die uniformierte Dame ihre Fragen fast schon röhrt:
Ob ich meinen Weg verlor? So früh hierher gehör'?
Es fühlt sich an wie ein Verhör.
Meine Antworten kommen verlegen.
Kann mein Körper die Wahrheit verbergen?

Die steife Dame sieht mich streng an und spricht:
„Nackig baden dürfen Sie hier nicht!"

Von diesem Hürdenlauf habe ich jetzt genug.
Ein seltsamer Geruch
aus Chlor und Salz mich bald empfängt.
Diesen stillen Genuss ich mir jetzt schenk',
pfeife auf der Dame Ruf,
gleite ins Wasser, wie die Natur mich schuf,
schwimme Bahn um Bahn,
bevor andere Frühaufsteher nah'n.

Noch halb im Wasser und wohlig zufrieden,
lasse ich mich auf den breiten flachen Stufen nieder,
erinnere mich selig an gestern, unseren zärtlichen Abend.
Des Geliebten geduldige Ausdauer war für mich labend.

Plötzlich - eine sanfte Brise wie ein Luft-Fächern
und ein Wasser-Plätschern:
Eine Stufe hinter mich setzt sich der Mann,
den ich von Herzen lieben kann.
Er zieht meine Hände zu sich, küsst meinen Nacken.

Meine Arme sind hinter mir geparkt.
Selbst etwas tun ist mir jetzt untersagt.

Er stülpt von links und rechts seine Beine über meine Schenkel,
klinkt mich bei sich ein wie an zwei Henkeln.
Mich umweht sein ureigener männlicher Duft.
Ich spüre, wie er im Nu meine Sinnlichkeit ruft.

Nicht Stoff umhüllt mich, sondern mein geliebter Begleiter.
Wir schwingen hinauf auf einer unsichtbaren Gefühlsleiter;
sind innerlich bewegt.
Das Wasser verbirgt den Beweis des Gefühls, das sich in uns regt.

16 Geehrte Männlichkeit

Nach vielen Stunden Emsigkeit
ist auch der stärkste Mann manchmal zu nichts mehr bereit.
Heute waren deine Strapazen über Gebühr,
erschöpft kommst du herein zur Tür.

Am Eingang laden dich Wärme und der Duft von Sandelholz ein,
überrascht zuckt dein Gesicht, du vergisst die heutige Pein.

Deine geweiteten Augen spiegeln mein weißes Brokatmieder.
Dann gleitet dein Blick zu meinem weißen Seidentuch nieder.
Halterlose weiße Strümpfe scheinen durch den dünnen Stoff.
Diesen Anblick hast du heute im Traum nicht erhofft.
Am Esstisch hälst du erneut inne.
In zwei Gläsern lockt ein Getränk mit Datteln und Vanille.
In deine Nase steigt der Duft vieler Aromen.
Deinen Magen verwöhnt ein großer Topf Minestrone.

Langsam entspannen sich deine Schultern und deine Wangen,
vergessen sind Arbeit, Sorgen und Bangen.
Noch einmal ist deine Neugier geweckt.
Du hast ein Massagelager entdeckt.
In deine Augen kehrt zurück ein Leuchten.
Worauf darfst du dich jetzt freuen?

Unser Blicke treffen sich,
ein Lächeln in jedem Gesicht.

Du nimmst meine Hand und lässt dich führen,
auf den Rücken legen und sanft berühren.

Langsame Handstriche alles an dir begrüßen,
vom Kopf bis zu den Füßen.
Stück für Stück lässt du dich entkleiden
und vom Rest des Alltags befreien.
Allmählich entspannt sich auch deine Stirn,
kommt zur Ruhe dein Gehirn.

Der warme Ölguss
ist dir offensichtlich ein Genuss.
Schenkel, Bauchmuskeln und Lenden breiten sich vor mir aus.
Es offenbart sich das intime Gegenteil von mir als Frau.
Auf deinem Bauch liegt deine männliche Pracht,
zeigt zu deinen Gesicht, das nun wieder lacht.

Meine Hand streift von deinem Knie aufwärts über deine Blöße,
die sich nun zeigt in voller Größe.

Du freust dich über jedes sanfte, dich belebende Gleiten,
spürst die Erwartungslosigkeit, die meine Berührungen leiten.

Dann, Bauch an Bauch,
gleitet mein ganzes Gewicht auf dich auf.

Heute gibt es für dich nichts mehr zu tun,
nur in unserer Umarmung auszuruh'n.

17 Oasen

Gemütlich liege ich auf dem Sofa, gönne mir eine Siesta,
spüre Erinnerungen und Träume in mir ablaufen.
Ihre innere Schönheit lässt sich nirgends kaufen:

An gestern, unseren gemeinsamen Abend, sonnig und lau,
unseren Spaziergang durch den duftenden Wald bis zur Isar-Au,
an die Eidechse, die vorbei huscht,
Schutz findet unter dem nahen Busch,
an den Geruch der grünen Baumnadeln,
das Federn des weichen Waldbodens, spürbar bis in die Waden;

an die starken Wurzeln,
die den Weg des Waldbodens kreuzen,
wie unsere Gedanken in die Stille purzeln,
und aufhören, sich in die magische Idylle zu streuseln;

an die starke Strömung vom Fluss,
wie wir nackt hineintauchen, auskosten diesen nassen Guss,
an deine Nähe auf der Wiese,
wie die Gefühle in mir fließen,
an die spontane Ekstase,
an das gemeinsame Zittern vom Knöchel bis zur Nase,
an unser stilles Strahlen, in dem Moment frei von allen Fragen.

Heute bist du abgereist,
in deine Berghütte, die dich mit Kraft speist,
in deine private Oase und Klärstation, frei von jedem Spion.
In deinem Rückzug dorthin liegt kein Hohn,
er bringt dir selbst viel Lohn.
Mit dieser stillen Zeit für dich hast du niemanden verletzt.
Du wünschst dir nur, dass dich niemand hetzt.

Ich halte in mir die selige Heiterkeit,
bleibe zur Freude an mir selbst bereit.
Mit mir selbst in Einklang sein,
hält meine positive Grundstimmung rein.

So wie sich die Wellen zeigen in der Natur,
ich es auch im Inneren erfuhr.
Akzeptieren wir beide die menschliche Wellennatur,
schenkt sie uns Gelassenheit und immer wieder Freude pur.

Ebbe - Flut, Nähe - Distanz sind im Wechsel auch meine Wahl,
so ist es für jeden ideal.
Ich ahne den Duft des Waldes in mir
und den Fluss, er erobert mit seinem Strömen sein eigenes Revier.

Aufs Neue nähert sich dein Schritt,
im Heute bereit zu einem neuen gemeinsamen Lebensritt.
Die innere Wölbung deiner Lippen
will achtsam und sanft die Meinen antippen,
fast volle zehn Sekunden,
unsere Freude aneinander bekunden.

Ich sehe Funken in deinen Augen blitzen,
spüre Freude-Wogen über mein Gesicht flitzen.

18 Verführerischer Morgenwecker

Danke, dass du fragst, und nein,
in dieser Nacht schlafe ich allein.

Am Morgen darauf bleibe ich gern länger liegen,
es ist erst früh halb sieben;
noch von nichts getrieben,
habe ich mir verschlafen die Augen im Bett gerieben,
möchte weiter dösen, während der Morgen dämmert,
ohne dass mein Verstand in mir hämmert.

Ich bin hier mein Boss.
Weit weg vom Alltagstrott rastet eine Tür ins Schloss.
Wasser plätschert, als ob jemand duscht,
- ein Schatten, der vorüber huscht.
Der Schatten rückt näher als deine Gestalt.
Haben meine Träume dich so realistisch gemalt?

Während ich döse,
beginnen meine Träume, mir neue Bilder einzuflößen.
Der Traum erscheint zunehmend real,
der Schatten ist auf einmal ganz nah.
Du trittst an mein Bett heran, stupst mich frisch geduscht an,
schmiegst dich neben mir entlang.

Du verführst mich zu einer Drehung,
mit noch geschlossenen Augen wende ich mich zu dir um.
Dein spontanes Kuscheln
entlockt mir ein Blinzeln und Murmeln.

Deine Frische, gepaart mit Körper- und Herzenswärme
genieße ich gerne.
Dein Arm liegt auf meinen Bauch,
deine Hand umhüllt meine linke Brust, den Schmuck der Frau.

So mag ich wohlig weiter ruh'n,
ohne zu denken, ohne etwas zu tun.
Da weckt deine warme Frische
in mir weitere Wünsche.

Ich spüre, wie mein Körper dir näher rückt,
den letzten Abstand überbrückt.

Deine umhüllende Hand,
war wie ein Pfand,
hat am ganzen Körper ein Netz gewoben,
mein Innerstes zu noch mehr Nähe bewogen.

Nun erforschst du die eine feuchte Bahn.
Das Ergebnis stärkt deinen Elan.

Die eine Geste hat viel geboren,
diesen Morgen zu einem stillen Fest auserkoren.

Mit allen Sinnen genieße ich den gemeinsamen Augenblick,
der uns beide erquickt.

Sanftes Gleiten, Recken,
sich einander entgegen strecken,
was für ein wundervolles Wecken!

19 Wellness-Zauber

Vor dem Hotel liegt idyllisch ein Bergsee.
Ich träume, halte Ausschau nach einer Märchenfee.
Abendschatten zaubern verschiedene Farbnuancen in Grün,
dürfen ihr Lichterspiel in die Tiefen des Sees sprüh'n.

Wir lenken unsere Schritte weg vom federnden Boden.
Gleich gibt es etwas Neues zu loben.
Eine Glaswand lädt den Blick ein zu einem Schwimmbecken,
Wandzeichnungen zeigen Bäume, die sich nach oben strecken.
So viel Grün, als wärest du in der Natur.
Hier ist eine Oase! Komm, tanke Freude pur.

Ein köstlicher Auflauf verwöhnt meinen Gaumen,
unser Mahl krönt eine Nachspeise aus Trauben und Pflaumen.
Später am Abend in der Biosauna im Dämmrigdunkeln,
unser beider Augen funkeln.

Wir sind allein in diesem Wärmestübchen.
In meinem Gesicht verstärken sich die Lachgrübchen.
Links oben, versteckt, strecke ich mich aus - wohlig;
sehe das Leben rosig.
Tief atmen, Augen schließen,
sich in die Ruhe ergießen.

DA! Ich lausche deinem Atem hinter mir am Kopfende,
spüre deine Hände.
Über meine Wangen tasten sie sich den Hals entlang,
streben über die Schultern weiter voran,
umkreisen und erkunden sanft zwei Hügel.
Ich fühle mich leicht, als wachsen mir Flügel.

Deine Hände formen für die Hügel zwei Decken,
wollen diesen weiblichen Schatz heute neu entdecken.

Ich spüre deine Hände sanft in Wölbungen dippen,
als wollten sie an einem Büffet eine Kostbarkeit picken.
Ich sauge sie auf, deine männliche, so andere Wärme,
genieße dein sanftes Erkunden, oh wie gerne.

Irgend wann drängt mich die Hitze, in mir und außen,
nun doch nach draußen.
In der runden Duschkabine bist du mein Mantel.
Ich schmiege mich an dich, lasse mich genüsslich halten.

Wellenförmig schlängeln wir uns aneinander entlang.
Oh, wie man auch unter der Dusche Lambada tanzen kann!

Oben im Zimmer erkundest du meinen Rücken,
und den darunter liegenden Süden,
verführst mich zu einer Entdeckungsreise zu zweit.
So hast du nebenbei meinen Geist vom steten Denken befreit.
Fernab vom Gewühl
pausiert der Verstand und erhebt sich das Gefühl.

Hier haben wir unseren Geist in die Hängematte gepackt;
Momente erlebt, in denen das Herz mitlacht.
Deine Zauberhände schufen vielfältige Gipfel in dieser Nacht,
haben diese wenigen Stunden zu einem Urlaub gemacht.

20 Tantra

Nun sei bloß nicht verhext.
Tantra ist kein Sex.

Tantra ist zuerst eine Lebensweise,
eine Form von Seelen-Alltagsreise.
Nur hört diese Form nicht irgendwo auf.
Die Sinne kosten alle Gebiete aus.

Da geht nichts mit Wollen mit aller Gewalt,
sondern mit Achtsamkeit und Langsamkeit halt.
Niemand braucht ein Ziel erreichen,
an keinem Gefühl zu erröten oder zu erbleichen.

Ohne Streben, ohne Eigenwille,
ohne Ego- und Verstandesbrille;
öffnet sich ein neues Tor,
etwas mir völlig Neues kommt empor.

Mich dem Sein im Augenblick ergeben,
neue Weiten erleben.
Ohne inneres Rennen
lerne ich mich neu kennen;
von einer ungeahnten Welle durchflutet,
sie heilt im Stillen, bringt nur Gutes.

Zu meiner Überraschung wird mein Glück nun auch Dein's
und ich ahne: WIR SIND ALLE EINS!

21 Heilig - heilsam - einfühlsam

Mit deinem Tantra-Ritual hast du es geschafft:

Nach langer Zeit habe ich mir keinen Leistungsdruck gemacht,
mich auf neue Weise erkannt,
den inneren Antreiber und Denker in die Hängematte gebannt.

Mein ICH WILL hat sich davon geschlichen.
Gefühle lassen sich durch nichts erzwingen.

Wirklich nichts mehr beweisen, nichts mehr müssen,
als wollte nur dieser stille Moment mich küssen.

Die Tagesaufgaben verblassen,
wenn ich mich in unserem geschützten Raum verwöhnen lasse:
einfühlsam,
heilsam.

Eine heilige Reise zu zweit.

22 Ekstase mit der magischen Edeldame

Es war einmal vor langer Zeit:

Der Sommer treibt die Temperaturen auf die Spitze.
Winzige Luftpartikel flimmern in der Hitze.
Wie schwebende Sandkörnchen schimmern sie in der Sonne.
Die lebendige Natur zeigt sich mit Wonne.

Auf dem Platz herrscht reges Treiben,
umgeben von Wagenreihen.
Sie bilden mit ihren großen Holzrädern ein Rondell,
ihre Stoffplanen wirken im Licht silbrig-hell.

Töpfe, aus denen Wasser sickert,
werden gelötet vom Kesselflicker.
Kinder umringen eine Holzschaukel,
bewundern mit staunenden Augen Troubadoure und Gaukler.
Ein Kräuterweiblein will Knoblauchrauken
und andere heilsame Pflanzen verkaufen.
Jugendliche üben mit Holzschwertern das Fechten.
Ganz in ihrer Nähe siehst du geschickte Hände Körbe flechten.

Frauen, mit gebundenem Haar und Häubchen auf den Köpfen,
stehen am Brunnen, um Wasser zu schöpfen.
Weder das Gewicht des Alltags noch der Wassereimer
machen diese Frauen kleiner.
Bis zum Knöchel reichen ihre Wollkleider, grau oder braun.
Manche berühren fast den Boden mit ihrem Saum.
Aufrecht in ihrem Inneren und in ihrem Gang,
schreiten sie jeden Weg entlang.

Grüßend schlendert an ihnen eine Gestalt vorbei,
sie wirkt innerlich zufrieden und frei.
Diese Dame ist für jeden eine Augenweide,
in ihrem sattgrünen Kleid aus Samt und Seide.
Es ist in der Taille geschnürt,
sein Halsausschnitt in einem Bogen geführt.
Der Rock wallt bis zum Boden hinunter;
ihr schwarzes langes Haar bis über die Schulter.

Das sanfte Funkeln in ihren Augen
bringt ihre Betrachter zum Staunen.
Mit stillem Kopfnicken zieht sie am Scherenschleifer vorüber,
winkt freundlich dem Stoffhändler gegenüber,
grüßt den Bauern, der seine Hühner bietet feil,
in ihrer Sanftmut ist die Welt für sie heil.

Sie will niemanden ‚ächten', schenkt allen ihr Lächeln.
Eine Frau, die in sich ruht, ihr Glück nicht außen sucht.
Und doch erfüllt ihr tiefgründiges Strahlen
den Raum wie Regenbogenfarben.
Sie genießt für sich ihre natürliche Weiblichkeit,
kennt tief in sich selbst diese Quelle von Heiterkeit.

Plötzlich spürt sie einen Sog,
als ob eine geheimnisvolle Kraft sie zog.
Der Sog kommt von zwei Augen, die ihre Anmut betrachten,
ihre Freude mit genießen, fast schon danach schmachten.

Die Edelfrau biegt um einen Planwagen,
und steht vor einem Herrn in Sieger-Pose,
mit Wadenstrümpfen und Pluterhose,
edel gekleidet von den Füßen bis zum Kragen.

Überrascht blickt sie in ein ihr immens sympathisches Gesicht.
Aus seinen Augen scheint viel eigenes inneres Licht.

Mit atemberaubender Stille bewundern sich beide,
können ihre Blicke nicht von einander scheiden,
vertiefen sich gegenseitig lange in ihre Augen.
Eine Ewigkeit könnten sie sich so anschauen,
vergessen in ihrer Umgebung den Trubel,
empfinden beide inneren Jubel.

Es bedarf keiner Worte mit den Lippen.
Der ganze Körper sendet seine Botschaft aus, wie ein Bitten.
Kein Reden zum Bekennen,
an ihren freien weiten Blicken können sie sich erkennen.
Sie ziehen sich gegenseitig in ihren Bann,
ein junges Liebespaar auf diesem Markt nicht bleiben kann.

Mit seiner Kraft und ebenbürtigen Gelassenheit,
gibt er ihr bis zu einer Waldlichtung Geleit.
Ein Baum mit einer Rinde, glatt wie Papier,
lädt ein: „Bleibt hier!"
Sanft lehnt er sie an diesen Baum,
hält all sein Begehren noch im Zaum.
Er umrahmt mit seinen Handflächen ihre Wangen,
will den kostbaren Schatz innerlich ganz einfangen;
legt eine vorwitzige Strähne aus ihrer Stirn zurück.
Beide Gesichter strahlen vor Glück.

Stirn, Schläfen, Ohren - er erkundet jeden Zentimeter Haut.
Sie stöhnt leise auf,
reckt ihm Hals und Brust entgegen,
diese Berührung genießend, nichts weiter erstrebend.

Er tastet und küsst sich am Hals abwärts entlang.
Achtsamkeit hat hier den obersten Rang.
Einzeln zieht er Schnur für Schnur ihr Mieder auf,
will ihr tiefe Freude bringen,
senkt den Blick zu seinen Fingern,
dann wieder zu dem Leuchten in ihren Augen hinauf.
Mehr und mehr öffnet sich ihm die Pracht.
Gemach - flüstert es in ihm: „Nähere dich ihr mit Bedacht";
auch wenn schon mehr als Mund und Herze lacht.

Seine Langsamkeit bringt ihre Sinne zum Brodeln.
Ihr Oberkörper beugt sich weit nach hinten, fast bis zum Boden.
Sie streckt ihm entgegen ihren entblößten Bauch.
Er hebt ihre Beine zu seinen Schultern hinauf,
hält sie links und rechts an ihren Schenkeln fest,
sie kopfüber fast schon an sich presst.

Ihr Schoß ist ein weites Tor,
strebt zu seinen Lippen empor.
Er senkt sein Gesicht in diese Fülle.
Seine Zunge ertastet Rille um Rille.

Mit ihrem Vibrieren
glaubt er, endgültig seinen Verstand zu verlieren.

Jetzt kennt er kein Halten,
kann nicht mehr warten,
legt sie nieder ins weiche Moos,
und erobert ihren Schoß.

Vehement fordert sie dabei seinen Kuss.
Beiden ist es ein Genuss.
Frei von jeder anerzogenen Rolle,
zuckt jetzt ihr Körper ohne Kontrolle.

Jede ihrer Zellen ist Frau und am Zittern,
in den Armen dieses edlen Ritters.

In Beiden mehren sich Hingabe und Lebenskraft.
Er spendet seine Lebenswärme und den Saft.

Szenenwechsel - im Traum:
ICH lehne an diesem Baum.
Mit wiegenden Schritten schreitet sie zu mir, diese edle Frau;
steht in ihrem grünen Kleid vor mir - mit ausgebreiteten Armen.
Eine Schöpferkraft hat Erbarmen.
In unserem gemeinsamen Umarmen
schmilzt sie in mich hinein.
Jetzt ist diese - in sich ruhende, geehrte - Weiblichkeit MEIN.

23 Natur

Sanft streichelt mich die Stille.
Köstliche Ruhe ich in dieser Weite finde.

Idylle atmen.
Den Geist im Nichtstun baden.

Natur pur.
Glückspilz DU.

24 An einem verbotenen Platz

Der Tag war heute richtig heiß,
nun, am lauen Sommerabend, ist Kinozeit.
Bei dieser Hitze tragen wir unsere Kleidung gern lose.
Meine zwei Begleiter empfangen mich in dünner Stoffhose.

Eine sanfte Prise lässt mein Seidenkleid flattern,
durch die Rockfransen manchen Blick auf ein Knie ergattern.
Diesen Abend genießen wir zu dritt.
Wie Leibwächter nehmen mich beide Männer in ihre Mitt'.

Im Film gibt es bald Gerangel,
Unruhe steigt mir bis in die Wangen.
Je mehr ich zittere am ganzen Leib,
überlegt es in mir: „Ob ich bleib'?"
Die Filmszenen werden immer brutaler und bunter.
Da legen sich zwei Arme schützend um meine Schultern.
Gegen die Bilder vorn bäumt sich mein Körper auf.
Zwei Hände legen sich mir beruhigend auf Beine und Bauch.

Bei einem neuen beruhigendem Streichen,
spüre ich Finger unter die Knopfleiste meines Kleides gleiten.

Sie geraten in meine private Zone.
Ein Versehen - oder verwegen? Ich spüre in meinem Gesicht Röte.

Überrascht sieht mich der Besitzer der verwegenen Hand an.
Ich hatte mich im Wäschefach vertan:
An meinem Slip fühlt er mehr Schlitz als Stoff in der Mitte,
Oh Himmel, bitte schweig' darüber stille.

Kein Stirnrunzeln, eher ein belustigtes Schmunzeln.
Er blickt mich tief und lange an, fast hypnotisch und erheitert,
forscht dabei noch etwas weiter.
Mein Herz klopft laut, meine Nervosität ist groß.
Plötzlich ziehen beide meine Hände nach außen zu ihrem Schoß.

Sie nähern meine Hände langsam diesem verbotenen Platz.
Ich spüre einen dicken Kloß in meinem Hals.
Meine Aufmerksamkeit ist nicht mehr beim Film, sie ist bei mir.
Von links und rechts spielen Fingerkuppen sanft auf mir Klavier.
Von links eher forschend, von rechts eher besänftigend,
meine eigenen Gefühle sind mir jetzt fremd.

Unter meiner rechten Hand empfinde ich den Stoff dünner,
bin irgendwie zu nah dran an der männlichen Fülle.

In mir fragt es schroff:
„Fehlt darunter etwa ....?

Stop!

Im Kino ertönt die Schluss-Musik.
Wer weiß, wofür das gut ist?

Geheimnisvoll wie das unendliche Sein glänzt euer Blick.

25 Sinfonie der Sinne

Heute ist es soweit,
ich stelle mich gepaarter Männlichkeit;
spüre ein Flattern in meinem Bauch.
Was jetzt kommt, ist noch nicht Brauch.

Ein Leuchten in euren Augen bei meinem Anblick,
nun gibt es kein zurück.
Vier Hände streichen durch mein Haar.
Ich nehme euren Atem wahr.
Vor mir männlicher Schutz, hinter mir männlicher Halt.
Eure achtsam gesteuerte Kraft umringt mich geballt.

Weiblich bedeutet Vertrauen.
Auf meine Intuition und euren Edelmut kann ich bauen.
Mit Düften, Kerzen, Farben ist mein Lager umringt,
eine wundervolle Stimme aus ‚Garden of the Gods' singt.

Sanft legt ihr mich auf dem Ritualplatz nieder.
Oh Hingabe, wir feiern dich wieder!

Vier Arme musizieren auf meinen Schultern, Rücken, Knie;
komponieren eine einzigartige Sinfonie,
verwöhnen mich mit Fell, Feder und Körperwärme.
Ich strecke mich euch entgegen, von Herzen gerne.
Bedacht ihr mich um Erlaubnis bittet,
meine Bereitschaft erforscht Schritt um Schritte.

Jeder blickt auf die ganz eigene Schönheit des Andern.
Wir saugen sie auf, die gegenpolige Kraft.
Hingabe und Vertrauen, was für eine schöpferische Kraft.
Jeder von uns entdeckt sich jetzt selbst im Andern.

26 Tanz der Yoni

Du ruhst in dir selbst,
egal, ob du anderen gefällst.
Von dir fühle ich mich wahrgenommen und geehrt als Frau,
mit all meinem frechen Sprechen und Schau'n.

Lange kannte ich von meiner Wahrheit nur ein kleines Stück,
hatte unangenehme Emotionen unterdrückt,
damit auch schöne Gefühle in mir gedämpft,
meine Freude am Frau-Sein gehemmt.
Die eigenen Bremsen mir die Hingabe verdarben,
als würde meine Yoni im Inneren seit Langem schlafen.

Nun, in mir weiter gereift, darf ich dir begegnen;
mein Frau-Sein mit dir genießen - ohne falsches Überlegen.

Du stehst kraftvoll im Leben und jetzt auch als Mann.
Meine Weichheit zieht dich in ihren Bann.
Meine sanften Beckenkreise
dir intuitiv viel verheißen,
bringen dich ins Schwärmen;
du zielst direkt auf meine innerste Wärme.

Fast zu eng erscheint der Einlass,
und ist er noch so nass.
Langsam und fordernd zugleich strebt deine Kraft in mir empor
holt auch mein archaisches Verlangen hervor,
als würde Zug um Zug ein Maibaum in mir aufgestellt,
meine Bauchdecke stets neu als Grenze festgestellt;
jedes innere Tippen an ihr sie innerlich erhellt.

Meine Yoni stimmt ein in deinen Rhythmus,
Welle um Welle sie mit will und muss.

Du bist der Dirigent, mit dem ich musiziere.
Du bist der musikalische Ton; ich die Pause, in der ich vibriere.

Du bestimmst die Melodie,
ich halte die Energie.

Du bist die Frage und der Akteur.
In meiner Antwort ich ganz dir gehör'.

Die Musik erfährt sich durch Ton und Pause.
In unserem Tanz wird die innige Pose aus der Pause.

In jeder Pause strömst Elektrizität du aus.
Es zuckt gleicht doppelt: In meinem Inneren, in unserem Bauch.

Ton und Pause sind in der Musik gleichwertig, auch hier.
Ich halte die Energie, auch dir.

Meine Yoni tanzt bei deinem Spiel.
Sie schenkt ihr Zucken, du von deiner Elektrizität - so viel.

Die elektrischen Wellen alles bis zu den Augen hinauf erfassen,
mein Körper und mein Vertrauen dir alle Führung überlassen.

Meine Yoni, die im Inneren so lange schlief,
wird durch dich mehr und mehr zum Leben erweckt.
Was für eine Lebenskraft sich jetzt in ihr reckt.

Bis wir ruhen in Schwere und Leichtigkeit zugleich,
in innerer Ruhe und einem Gefühl von REICH.

Glücks-Tränen rollen still über meine Wangen,
wie kleine Herzensdiamanten.

Deine Elektrizität zaubert ein Leuchten bis in mein Gesicht.
Ich spüre in mir eine Wahrheit unausweichlich:

„Auf die Meinung der Welt ich gänzlich verzicht'.
Meine hemmungslose Hingabe ist nur für DICH!"

27 Ohne Sombrero

Am frühen Abend kommst du heim,
so gerne lasse ich dich ein.

Dein ureigener Duft ist mir vertraut.
Er weckt sanft und zuverlässig meine Weiblichkeit auf.
Deine innige Umarmung verführt mich schon in der Diele.
Oh, wie ich deine Begeisterung genieße.

Dein klarer Blick zieht all meine Aufmerksamkeit an.
Unsere strahlenden Augen nähern sich an.
Deine Lippen saugen die Meinen an.

Spontan trägst du mich direkt zur breiten Liege.
Ich spüre in mir für dich tiefe Liebe.

Haut an Haut nährt Mann wie Frau,
Bauch an Bauch spüren wir dies auch.

Unsere Herzen sind ganz dabei.
Wir sind uns nicht einerlei.

Kein Ruhm allein macht das Innerste wirklich satt.
Das haben wir erfasst.

Wir kennen uns schon lange.
Deine Nähe macht mich nicht bange.

Ohne Sombrero lade ich dich in mich ein,
wie kraftvoll und nah ist das zugleich.

Vor unserem großen Finale halte ich inne,
streife dir den Schutz über und geleite dich wieder nach innen.

Ah, das ist für beide nicht dasselbe wie zuvor.
nah und doch so fern kommst du mir vor.
Bevor leise Enttäuschung den innigen Moment bringt zu Fall,
verzichte ich lieber auf diesen Grenzwall.

Du bist zu beidem bereit,
mein Gefühl im Bauch ist immer noch ruhig und weich.
Du lässt mir alle Zeit zum Wählen.
Mein Wunsch bringt dich nicht zum Grämen.

Wähle nach deinem Herzen.
Das hält dich frei von unnötigen Schmerzen.

Die kurze Lösung ist uns kein Verdruss,
sondern das Abstreifen des Sombreros ein eigener Genuss.

Langsam, noch langsamer heißt die Devise,
treibt hoch die gemeinsamen innigen Gefühle.

Alles, was sich in uns ineinander reckt,
hat eine ungeahnte Weichheit in mir geweckt.

Die Welt ist stets polar.
Weich und hart bleiben auch jetzt das ideale Paar.

In winzigen Bewegungen können wir diesen Tauchflug genießen.
Herzens-Führung - du bist gepriesen!

28 Lodernde Gefühle am Kaminfeuer

Das Kaminfeuer glimmt wie ein leises Flüstern,
überrascht mit Knacken und Knistern.
Seine Glut ist hier die einzige Melodie,
übersetzt meine innere Melancholie.

Ohne dieses Licht wäre der Raum finster,
mein Inneres erschien mir ebenso düster.
Teppich, Decken, Kissen am Boden spenden Wärme,
ich ruhe hier und denke nicht mehr an die Ferne.

Meine linke Schulter küsst den Boden,
mein linkes Ohr ruht auf dem Kissen,
allmählich fühle ich mich weniger hin und her gerissen,
entdecke im Kaminfeuer noch einmal ein heftiges Lodern,
spüre - wie die Erinnerungen an dich brodeln.
Shiva, meine Zellen wissen von deiner männlichen Kraft,
und zugleich liegt mein weiblicher Körper hier ganz matt.

Mit der sanften Glut kommt auch mein Geist zur Ruh'.
Endlich kann sich alles in mir dem zarten Glimmen ergeben,
ohne deine Nähe zu erstreben.

Das Kaminfeuer summt eine noch leisere Melodie,
deckungsgleich mit meiner sich fort schleichenden Melancholie.
Jedes Wollen führte bei mir zu Ärgernis,
es annehmen - wie es gerade ist - ist das Geheimnis.
Kampf bringt Krampf,
egal, wie sehr du aufstampfst.

Statt Brodeln fühle ich nun weiche Ruhe in meinem Bauch,
auf den Namen Melanie ich sie tauf'.

Meine ersten Gefühle vor dem Kamin waren keine Wonnen.
Jetzt hat Melanie die Führung übernommen.
Sobald ich nichts mehr will oder mach',
führt mich eine unsichtbare Hand in den Schlaf.

Da öffnet sich mit einem leisen Knacksen hinter mir die Tür,
eine warme Woge - wie gerne ich sie in meinem Rücken spür'.
Der vertraute Körper hat sich hinter mich geschmiegt,
sein starker Arm meine Taille umhüllt und wiegt.

Meine obere Schulter sinkt zu Shiva zurück,
ohne kontrollierenden Blick.
Hingabe ist Weiblichkeit.
Ich fühle mich für den neuen Moment bereit.

Seine Hand streift an mir entlang. Wo? Das ist ohne Belang.
Langsam schiebt er mein Hüfttuch zur Seite,
entblößt meine heilige Mitte in voller Breite.
In Zeitlupe nähern sich seine Fingerspitzen dem weiblichen Schatz,
jeden Millimeter genießend, ohne Hast.

Moment für Moment feiern!
Meine innere Schranke schmilzt, existiert nicht mehr weiter.
Wie von selbst öffnen sich meine Oberschenkel und mein Tor.
Die göttliche Kraft des geliebten Shivas steht weit empor,
reckt sich magisch hin zu meiner Mitt', bereit zum Eintritt.

Er zieht mein rechtes Bein sanft über sich zu seinem Po.
Sein Eintauchen spült Lichtkraft wie aus Springbrunnen hervor.

29 Kosmische Verschmelzung

Der orange Sonnenball sinkt am Horizont.
Ein Buchfink pocht an seinen Stamm: Tok tok - tok tok tok,
als prophezeit er Magie für diese Nacht,
die mich durchfluten wird mit voller Kraft.

Jasminöl duftet, Kerzenlicht brennt:
Raum für meine Weiblichkeit, in der keine Zeit rennt.

Ich tanze daheim aus meiner Mitte - mit freiem Bauch,
kann im Fenster meine sich spiegelnden Rundungen erkunden,
folge dem Vibrieren meiner nackten Haut
und lasse mir scharfen Yogitee munden.

Ein roter Spitzen-BH
umhüllt mein geliebtes Zwillingspaar.
Ein durchsichtiges Seidentuch umknotet mein Becken.
Mein Tanz - nur für mich - wird meine Lebendigkeit neu wecken.
Frei - oder keck? Den Slip lasse ich weg.
Zum Klang der Flöte formen meine Hüften Achter und Kreise.
Alles Denken tritt zur Seite.

Eine geheimnisvolle Melodie in mir kreiert eigene Lieder.
Der BH fällt auf den Boden nieder.
Langsam wird mir heiß.
Unter dem Tuch schimmert es feucht, nicht nur vom Schweiß.

Eine neue Note hat die Luft eingefärbt.
Jetzt umweht mich ein Duft, männlich-lockend-herb.
Sein Besitzer entschlüpft seiner heimlichen Beobachterrolle.

Der Vertraute lässt mich Kopf und Rücken an sich lehnen,
streicht zart meine Wangen im Stehen.
Ich spüre ein leises Kitzeln, einen lockenden Hauch,
wie einen feinen Wind von meiner Stirn bis zum Bauch.
Seine Unterarme kreisen über meine Haut,
über zwei Knospen bis zu meinen Rippen.
Sie bringen meine Brüste sanft zum Wippen.

Enger lehnst du meinen Rücken an deinen Bauch,
während du mir dein Begehren ins Ohr hauchst.
Dein Säuseln in mein Ohr hat elektrische Funken entflammt,
mein Becken hat die erotische Botschaft erkannt.

Nach diesem Funken-Sprühen
bringst du mich noch mehr zum Glühen,
entknotest das letzte Stück Stoff um meine Hüften,
um mein feuchtes Geheimnis zu lüften.
Ich genieße unser aufkeimendes Begehren,
will mich bestimmt nicht wehren.
Auf eine weiche breite Lagerstätte
lasse ich mich von dir betten.

Deine kraftvollen Hände umhüllen meine Brüste,
ihr sanftes Schaukeln weckt noch mehr Gelüste.
Mein Brustkorb strebt dem Tippen deiner Finger entgegen,
um dein kleinstes Berühren voll zu erleben.

Unsere Blicke saugen aneinander,
entdecken das eigene Bild als Spiegel im Andern.

Mit jedem Liebkosen wächst unser Leuchten.
Augen können nichts vortäuschen.

Größer, heller, tiefer wird dein Blick.
Kosmische Magie regiert, es gibt kein Stopp, kein Zurück.
Meine Brüste senden die erotische Botschaft direkt ins Becken,
ich spüre mein weibliches Zentrum sich nach dir recken.

Die Muskeln meiner Oberschenkel werden weicher,
kippen nach außen, mein heiliges Tor wird weiter.
Ein erkennendes Lächeln huscht über dein Gesicht,
du dosierst auf mir dein Gewicht.

Dein Lebensspender pulsiert zwischen meinen Schenkeln.
Vor meinen heiligem Tor lässt du ihn pendeln.
Er elektrisiert meine Lustlippen
mit jedem weiteren Wippen.

Durch deine Magie über Blicke, Geduld und Hände,
begehre ich von dir eine weitere Spende.
Mit einem leisen Beben,
sich Becken und Hüften dir entgegen heben.

Wie ein höflicher Gast klopft deine Spitze am Eingang an.
Ich spüre, dass etwas in mir kaum noch warten kann;
zittere und zucke dir entgegen.
Unsere Blicke bleiben aneinander kleben.
Meine Augen weiten sich und flehen.
Du spürst mein ganzes Sehnen.

Bauch an Bauch, Haut an Haut
überströmt mich dein fein-herber Duft.
Ich schmecke dein Salz - der Sog der Schöpfung ruft -
will den Lebensspender in meine weibliche Höhle einsaugen,
voller Vertrauen.

Jeder Muskel in meinem heiligen Tempel hat sich gestrafft,
ergibt sich deiner und einer höheren Kraft.

Wie Perlenschnüre reihen sich elektrisierte Tropfen aneinander,
verbinden Körper und Herzen;
Universen verschmelzen miteinander.

Von Schweiß und Inbrunst gebadet,
kullern Tropfen an Bauch und Stirn entlang:
DA-SEIN, DA-BLEIBEN, BLICKE HALTEN,
auf den Moment kommt es an.

Die Zeit steht still:
Leises Stöhnen, uns spüren,
jede kleinste Bewegung erfassen, fühlen.
Flaches zartes Eintauchen,
noch tiefer leuchten unsere Augen.

Du ziehst dich langsam zurück, fast ganz hinaus,
meine innere Wölbung streckt sich nach dir aus.

Plötzlich!
Tiefe schnelle Stöße schleudern mich aus der Ruhe.
Ich fühle mich wie ein Vakuum, das nach Fülle sich sehnt;
spüre, wie innerer Reichtum aufersteht.

Erfüllt und wieder Blicke halten,
auch nach endloser Zeit nicht erkalten.
Nichts wollen, nichts erzielen,
voll beschäftigt mit DA-SEIN, entdecken und fühlen.

Du tiefer in mir;
noch mehr strecke ich mich nach dir.
Mein Körper folgt nicht mehr meinem Verstand.
Eine Ur-Weisheit hält die Zügel in der Hand.
Kann ich deinen Blick, doch nicht mehr meine Blase halten?
Ich gebe mich hin - dem Strömen, dem mir fremden Fließen.
Außerhalb meiner Kontrolle.
Steuerst du? Wovon wirst du gesteuert?

Eine innere Weisheit schwingt uns. Grüßt das Universum?
Eine heilige Feier zu zweit, Höherem geweiht.

Nichts gibt es zu begreifen;
nur in der Ruhe - im DA-SEIN - gemeinsam zu reifen.
Keine Eile, dich nicht überrollen,
nichts ändern, nichts erreichen wollen.

Lebendig sein:
Das ist nicht denken. Den Verstand nicht verrenken.
Ich kann und will nichts mehr lenken,
möchte Haut in Haut das Jetzt erleben,
für den nächsten Moment nichts erstreben,
nur Hingabe an dich schenken;
an den unbekannten jetzigen Augenblick.

Der nächste Moment ist schon zu weit,
sein Neues entsteht zu zweit.

Du badest in meinem Weichsein,
es macht den Kopf frei und rein.
Ein Schicksalswink!

Leichter, freier. Die Schwere rast davon,
als führt sie uns von der Materie fort.

Funken wie Glühwürmchen durchleuchten unsere Körper,
fluten Raum um Raum.
In sanften Achtern vibriert unsere Körpereinheit hinauf;
scheint unsichtbar an diesem Ort;
vom Alltag abgehoben,
von einem Glücksmeer durchwoben.

Deine Augen funkeln,
als ob sie meinen ganzen Lebensfilm spiegeln.

Der Film der Schöpfung spult sich zurück in Windeseile,
immer weiter zum Ursprung, zur UR-Quelle, die uns einte,
wo sich der Glücksozean erstmals teilte,
einzelne Glückstropfen von der vereinten Unendlichkeit befreite,
um das Tor für geteilte Erfahrungen zu entriegeln
und neue Erlebnisse und Erkenntnisse zu besiegeln.

DER UMKEHR-PUNKT:
Eine wohlwollende Kraft holt uns zurück ins reale Leben,
schubst uns hinaus aus dem ewigen feinen Beben,
zieht uns unsichtbar zur Erde und in ihre Schwere,
damit wir unser Leuchten hier auf Erden mehren.

30 Freiheit: Ur-Freude an sich selbst

Ein letztes Mal steigen wir gemeinsam bergauf.
Mit deinem Gleitschirm willst du hoch in die Lüfte hinaus.

Erinnerungen steigen in mir auf
- an unsere heilige Zeit zu zweit - in seliger Heiterkeit,
mein Frau-Sein zu ehren bereit.

Am Gipfel enden unser Aufstieg und unser gemeinsames Sein.
Die Zeit zum Abschied ist reif.

Sein Forschergeist den Mann stets zu neuen Taten ruft,
ob hinein in die Erde oder hinauf in die Luft.
Er segelt hinaus auf das Meer und in die Lüfte,
kann nur vorübergehend kosten weibliche Süße und Düfte.

Ein letzter Kuss,
zum Abschied ein letzter Gruß.
Du bist mit deinem Gleitschirm bereit,
ich trete beiseit'.

Du rennst los, hebst ab und beginnst deinen Flug.
Dieser Anblick mich doch rührt.
Denn du bist demütig in Gottvertrauen geführt.

Wir konnten uns nicht hinter Oberflächlichkeiten verschanzen,
wo nur die Hormone tanzen.

Viel länger währt
eine Partnerschaft, die auch die innere Essenz nährt,

Ich ermahne mich, will weder stöhnen noch verhöhnen,
sondern gönnen, des Schicksals Weisheit krönen.
Nicht begehrlich ist zuerst ein Vorgang innerlich.

Der Wind trägt dich hinauf Schleife um Schleife.
Langsam muss ich die Dimension des Abschieds begreifen.
Es zieht nach innen meine Rippen.
Die Gefühle in mir kippen.
Traurigkeit riecht aus meiner Haut.
Hatte ich auf Illusionen gebaut?

Dich festhalten wollen ist gegen des Lebens ewiges Streben.
Frau kann sich leichter einer Trennung ergeben:
Entdeckt sie, in ihrer UR-FREUDE AM FRAU-SEIN zu leben.
Ihre UR-FREUDE AN SICH SELBST ist wie ein Zaubertrank.
Ohne ihn fühlt sich auch der Mann bald blank.
So treibt es ihn zurück zum verborgenen weiblichen Schatz.
Hinaus ziehen - und neu heimkehren ist sein Leitsatz.

Während du in dein MÄNNLICHES FREI-SEIN schwebst,
ich mich langsam in WEIBLICHES FREI-SEIN begeb'.
Freiheit fühlt sich für jeden verschieden an,
für die Frau anders als für den Mann.

Auch wenn du wieder in deine Freiheit fliegst,
weiß ich, dass meine Seele nie mehr friert.
Deine Wertschätzung für mich ist in mir konserviert.

Jede Zelle hat Energie getankt,
sich im gemeinsamen Spüren und Sein höher gerankt.

In meinen Bauch zuerst tief ich seufz'.
Tief atmen mich allmählich wieder freut.

Ich grüße lächelnd hinein in meinen Bauch.
Mich macht beides glücklich, in was ich auch eintauch':
Gemeinsam heiligen oder mich allein spüren als herrliche Frau!

Mein Fokus taucht ein in mein Becken,
um die Wiege meines Frau-Seins neu zu entdecken.

Ich bleibe zurück,
auf mich allein gestellt für mein Glück.

Langsam lichten sich die Tränen und ihr Schleier,
um die Göttin in mir neu zu feiern.
Imaginäre Wurzeln treiben aus meinen Füßen in den Boden,
um mich an seinen Kräften zu erholen.

Deine Silhouette schimmert in weiter Ferne,
nur noch als Punkt am Horizont.

Und doch:
Mein FRAU-SEIN allein und auch zu zweit heiligen sich lohnt.

Ich hebe meine Arme zum Dankesgebet,
und feiere still in mir:

Licht - Liebe - Leben